ಮಧುರಾಣಿ ಎಚ್ ಎಸ್

ಮೂಲತಃ ಚಿತ್ರದುರ್ಗ ಜಿಲ್ಲೆಯವರಾದ ಮಧುರಾಣಿ ತಮ್ಮ ಹೆಚ್ಚಿನ ವಿದ್ಯಾಭ್ಯಾಸವನ್ನು ಬೆಂಗಳೂರು ಹಾಗೂ ಮೈಸೂರಿನಲ್ಲಿ ಮುಗಿಸಿ ಮೈಸೂರು ವಿಶ್ವವಿದ್ಯಾಲಯದ ಎಂ ಎ (ಇಂಗ್ಲಿಷ್) ಸ್ನಾತಕೋತ್ತರ ಪದವಿ ಪಡೆದಿದ್ದಾರೆ. ಸ್ನಾತಕೋತ್ತರದಲ್ಲಿ ರಾಜ್ಯ ಮಟ್ಟದ ಮೂರನೇ ರ್‍ಯಾಂಕ್ ಪಡೆದ ಹಿರಿಮೆ ಇವರದ್ದು. ಸುಮಾರು 18 ವರ್ಷಗಳ ಬೋಧನಾ ಅನುಭವ. ಹಲವು ಪ್ರತಿಷ್ಠಿತ ವಿದ್ಯಾಸಂಸ್ಥೆಗಳು ಮತ್ತು ಕಾಲೇಜಿನಲ್ಲಿ ಅಧ್ಯಾಪಕ ವೃತ್ತಿ. ಪ್ರಸ್ತುತ ಮೈಸೂರಿನ ಸರ್ಕಾರಿ ವಿದ್ಯಾಸಂಸ್ಥೆಯಲ್ಲಿ ಅಧ್ಯಾಪಕರು.

ತಮ್ಮ ಹತ್ತನೇ ತರಗತಿಯಲ್ಲಿಯೇ ಚಿತ್ರದುರ್ಗದ ಸ್ಥಳೀಯ ಸಾಪ್ತಾಹಿಕವೊಂದರಲ್ಲಿ ಅಂಕಣ ಬರೆಯುತ್ತಿದ್ದ ಮಧು, ನಂತರ ವೈಯಕ್ತಿಕ ಕಾರಣಗಳಿಂದಾಗಿ ಹಲವು ವರ್ಷಗಳು ತಮ್ಮ ಆಸಕ್ತಿಯ ಕ್ಷೇತ್ರವಾದ ಬರವಣಿಗೆಯಿಂದ ದೂರವಿದ್ದು, 2016ರಲ್ಲಿ ಮೊದಲ ಕವನ ಸಂಕಲನ 'ನವಿಲುಗರಿಯ ಬೇಲಿ' ಪ್ರಕಟಿಸಿದರು. ಇದು ಕನ್ನಡ ಪುಸ್ತಕ ಪ್ರಾಧಿಕಾರವು ಕೊಡಮಾಡುವ ಯುವ ಸಾಹಿತಿಗಳ ಚೊಚ್ಚಲ ಕೃತಿಯ ಧನಸಹಾಯದ ಪುರಸ್ಕಾರ ಪಡೆದು ಪ್ರಕಟಗೊಂಡಿದೆ. 'ನೀಲಿ ಚುಕ್ಕಿಯ ನೆರಳು' ಇವರ ಎರಡನೆಯ ಕವನ ಸಂಕಲನ. ಇದು 'ಈ ಹೊತ್ತಿಗೆ'ಯ ಮೊಟ್ಟಮೊದಲ ಕಾವ್ಯ ಪ್ರಶಸ್ತಿ ಪಡೆದುಕೊಂಡಿದೆ.

'ಕೆಂಡಸಂಪಿಗೆ' ಅಂತರ್ಜಾಲ ಪತ್ರಿಕೆಯಲ್ಲಿ 'ಮತದ ಕೇರಿಯ ಕಥೆಗಳು' ಇವರ ಅಂಕಣ. ಮೈಸೂರಿನ 'ಆಂದೋಲನ' ದಿನಪತ್ರಿಕೆಯ 'ಹಾಡುಪಾಡು' ವಿಭಾಗದಲ್ಲಿ ಇವರ ಹಲವಾರು ಲೇಖನಗಳು ಪ್ರಕಟವಾಗಿವೆ

'ಈ ಹೊತ್ತಿಗೆ'
ಮೊದಲ ಕಾವ್ಯ ಪ್ರಶಸ್ತಿ
ವಿಜೇತ ಕೃತಿ

ನೀಲಿ ಚುಕ್ಕಿಯ ನೆರಳು

ಮಧುರಾಣಿ ಎಚ್ ಎಸ್

ಬಹುರೂಪಿ
ನಂ 1, 'ನಾಕುತಂತಿ' ಆರ್ ಎಂ ವಿ ಸೆಕೆಂಡ್ ಸ್ಟೇಜ್
ಉಡುಪಿ ಗಾರ್ಡನ್ ಹೋಟೆಲ್ ಎದುರು
ಸಂಜಯನಗರ, ಬೆಂಗಳೂರು 560 094
ದೂರವಾಣಿ: 70191 82729.
bahuroopi.official/
editor.bahuroopi@gmail.com
bahuroopi.in

49

NEELI CHUKKIYA NERALU-
A collection of poems by
MADHURANI H S

Madhurani H S
madhuhs2015@gmail.com

Published By
Bahuroopi
No 1, Naaku Tanti, RMV Second Stage
Opp Udupi Garden Hotel
Sanjayanagar, Bangalore 560 094

editor@bahuroopi.in | Mobile: 70191 82729

online book store: **bahuroopi.in**

Whats App Bookstore: **70191 82729**

First Edition: March 2022
Pages: 80 | Price: Rs.120

Cover Art: **Arunkumar**
Inside Design: **Sagads99**

Produced by
Bahuroopi Designs and Prints
Bangalore
99454 40841

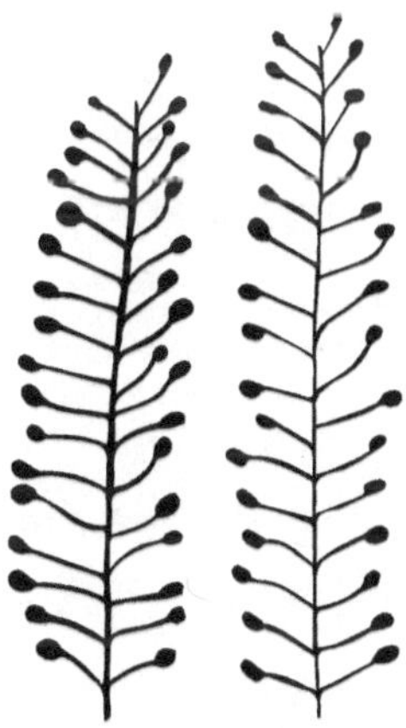

ಕೊನೆ ತನಕ ಸ್ನೇಹಿತನಾಗಿ ನಡೆದು
ಈ ಪ್ರಪಂಚಕ್ಕೆ ನನ್ನ ಎಸೆದು
ಸದ್ದಿಲ್ಲದೇ ಎದ್ದು ಹೋದ
ಮುದ್ದು ಪ್ರದೀಪನಿಗೆ

ಕವಿತೆಯೊಂದು ಮಡಿಲ ಕೂಸು

ನಾನು ಈ ಹೊತ್ತು ಈ ಕವಿತೆಗಳನ್ನೆಲ್ಲ ಮಡಿಲ ಕೂಸಿನ ಹಾಗೆ ಮುದ್ದಾಡಿ ಸಿಂಗರಿಸಿ ತಿನ್ನಿಸಿ ಉಣ್ಣಿಸಿ ಹೊದಿಸಿ ನಿದ್ರೆಗೆ ಜಾರುವಂತೆ ಜೋಗುಳ ಹಾಡುತ್ತಿರುವಾಗ ಅವನು ನನ್ನಿಂದ ತಪ್ಪಿಸಿಕೊಂಡು ಬೇರೆಲ್ಲೋ ನೆಮ್ಮದಿಯ ನಿಟ್ಟುಸಿರು ಬಿಡುತ್ತ, “ಅಬ್ಬಾ! ಇನ್ನು ಇವಳ ಕವಿತೆಗಳನ್ನು ನಗುವ ನಾಟಕ ಮಾಡುತ್ತ ಕೇಳುವ ಶಿಕ್ಷೆ ತಪ್ಪಿತು!” ಎಂದು ಹಾಯಾಗಿ ಮುಸಿಮುಸಿ ನಗುತ್ತಿರಬಹುದು.

ನಾನು ಅವನಿಗಾಗೇ ಬರೆದ ಕವಿತೆಗಳನ್ನು ಕೆಲಸವಿಲ್ಲದ ಪ್ರಾಪಂಚಿಕವೆಂದೂ ಇದನ್ನು ಬೇರೆ ಉಪಯುಕ್ತ ಕೆಲಸ ಕದಿಯಲು ನಾನು ಮಾಡುತ್ತಿರುವ ಉಪಾಯವೆಂದೂ ಉಡಾಫೆಯ ನಗೆ ನಗುತ್ತಾ ‘ಕವಯಿತ್ರೀ?’ ಎಂದು ನನ್ನನ್ನು ಕುಹಕವಾಡುತ್ತ ಮಗಳಿಗೂ ಅದನ್ನೇ ಹೇಳಿಕೊಟ್ಟು ಅವರಿಬ್ಬರೂ ಒಮ್ಮೆ ಕಡೆಗಣ್ಣಲ್ಲಿ ನನ್ನ ತುಚ್ಛವಾಗಿ ನೋಡಿ, ಗಹಗಹಿಸಿ ಕಾಫಿ ಹೀರುತ್ತ ತನ್ನ ಸಿಗರೇಟಿನ ಘಮಕ್ಕೆ ತಾನೇ ತಲೆದೂಗುತ್ತ ಓಡಾಡುತ್ತಿದ್ದ ನಮ್ಮನೆ ‘ಲಾಯ್ರಿ’ಯು ಇಹಲೋಕದ ಕೇಸುಗಳನ್ನೆಲ್ಲ ಹೊಡೆದಾಡಿ ಮುಗಿಸಿ ಅಲ್ಲಿ, ಪರಲೋಕದಲ್ಲಿ ತನ್ನ ಸೂಕ್ಷ್ಮ ಚಾಣಾಕ್ಷಮತಿಯನ್ನು ಬಳಸಿ ಈಗ ಆರು ತಿಂಗಳಿಂದ ದೇವಲೋಕವನ್ನು ಅಲ್ಲೋಲ-ಕಲ್ಲೋಲ ಮಾಡಿ ಇಲ್ಲದ ಗುಲ್ಲೆಬ್ಬಿಸಿರಬಹುದು!

ಇದನ್ನು ಹೀಗೆ ನೆನೆದು ನಗುತ್ತ, ನಾನು ಅಲ್ಲಿ ತೆರಳಿ ಯಾವಾಗ ಆ ದೇವದೇವರ ನಡುವಿನ ಕದನ ನೋಡುವೆನೋ; ಯಾವಾಗ ಇವನ ಹರಕತ್ತುಗಳಿಗೆ ಉತ್ತರವಾಗಿ ಪಕಪಕನೆ ಹೊಟ್ಟೆ ಹುಣ್ಣಾಗುವಂತೆ ನಗುತ್ತಾ ಕೂತು ಅಲ್ಲೊಂದಿಷ್ಟು ಪದ್ಯ ಗೀಚುವೆನೋ ಎಂದು ಕಾಯುತ್ತಿರುವಾಗಲೇ... ಇಲ್ಲಿ, 'ಈ ಹೊತ್ತಿಗೆ'ಯವರು ನೀನಿನ್ನೂ ಅಷ್ಟು ಪುಣ್ಯ ಗಳಿಸಿಲ್ಲ, ಈಗ ನಮ್ಮೊಂದಿಗೆ ಕಾವ್ಯಸಂಬಂಧಿಯಾಗಿರು, ಇಹದಲ್ಲಿ ನಿನ್ನ ವ್ಯವಹಾರ ಇನ್ನೂ ಮುಗಿದಿಲ್ಲವೆಂದು ಎಚ್ಚರಿಸಿದ್ದಾರೆ.

ಈ ಕವನ ಸಂಕಲನವನ್ನು 'ಈ ಹೊತ್ತಿಗೆ'ಯ ಮೊದಲ ಕಾವ್ಯ ಪ್ರಶಸ್ತಿಗೆ ಆಯ್ಕೆ ಮಾಡಿ, ನನ್ನ ಪದ್ಯಗಳು ಇಂದು ನಿಮ್ಮೆಲ್ಲರ ಕೈಲೂ ನಲಿಯುವಂತೆ ಮಾಡಿ; ಅವನು ಬಹುಶಃ ಎಲ್ಲೂ ಹೋಗಿಲ್ಲ, ನನ್ನೊಂದಿಗೇ ಇರಬಹುದು ಎಂಬ ಹುಂಬ ಆಸೆಯೊಂದು ಮತ್ತೆ ಮನದಲ್ಲಿ ಬೇರೂರುವಂತೆ ಮಾಡಿದ್ದಾರೆ. ಅವನನ್ನು ಭೌತಿಕವಾಗಿ ಕಳೆದುಕೊಂಡ ಮೇಲೂ ನಿರಾಕಾರವಾದ ಅದೇ ಪ್ರೇಮದಲ್ಲಿ ಒಂದಾಗುವಂತೆ, ಮತ್ತೆ ಅವನು ಈ ಕವಿತೆಗಳನ್ನು ನನ್ನ ಪಕ್ಕ ಕುಳಿತು ಓದಿ ಕುಹಕವಾಡುವಂತೆ ಮಾಡಿದ ಪುಣ್ಯ ಇವರಿಗೆ ದಕ್ಕಲಿ.

ನಲವತ್ತು ಅಪ್ರಕಟಿತ ಕವಿತೆಗಳ ಈ ಗುಚ್ಛ ಬಹುಪ್ರೀತಿಯಲ್ಲಿ ನಾನು ಸಲಹಿದ ಒಲವಿನ ಪ್ರತಿರೂಪಗಳು. ಬೇಡಿಕೆಯ ಮೇರೆಗೆ ಇತ್ತೀಚೆಗೆ ಗದ್ಯವನ್ನೇ ಹೆಚ್ಚಾಗಿ ಬರೆಯುತ್ತಿರುವ ನನಗೆ ಕವಿತೆಗಳು ಬಿಡುಗಡೆಯ ಹಾದಿ. ಇನ್ನು ಹೊರಲಾರೆ ಎನ್ನುವಷ್ಟು ಭಾರವಾದಾಗ ಮನಸಿನಿಂದ ಕಾಗದಕ್ಕಿಳಿಸಿ ಹಗುರಾಗಿ ಮತ್ತೆ ಹಾರಲು ಸಿದ್ಧವಾಗುವ ಶಕ್ತಿಮೂಲ. ಹೆಚ್ಚೆಂದರೆ ಹತ್ತು ಕವಿಗೋಷ್ಠಿಗಳು, ಒಮ್ಮೆ ಬೆಂಗಳೂರು ಸಾಹಿತ್ಯ ಹಬ್ಬ ಮತ್ತೆ ಹಾಗೂ ಹೀಗೂ ಸಮಾನ ಮನಸ್ಕರೊಂದಿಗೆ ಹಂಚಿಕೊಳ್ಳುವುದು (ಇಷ್ಟೇ ಈವರೆಗಿನ ನನ್ನ ಕಾವ್ಯವ್ಯಾಪ್ತಿ) ಕಾವ್ಯಕ್ಕೆ ತೀರಾ ನಾಚಿಕೊಳ್ಳುವ ನಾನು ನನ್ನ ಮೊದಲ ಕವನಸಂಕಲನ 'ನವಿಲುಗರಿಯ ಬೇಲಿ'ಯನ್ನು ಪುಸ್ತಕ ಪ್ರಾಧಿಕಾರಕ್ಕೆ ಕಳಿಸಿದ್ದೇ ದೊಡ್ಡ ಸೋಜಿಗ. ಆಗ ಜೊತೆಗಿದ್ದ ತಾ ಶ್ರೀ ಗುರುರಾಜರನ್ನು ನೆನೆಯಬೇಕು. ಆ ಪುಸ್ತಕ ಯುವ ಬರಹಗಾರರ ಚೊಚ್ಚಲ ಕೃತಿಗೆಂದು ಕೊಡಮಾಡುವ ಧನಸಹಾಯ ಪಡೆದು ಹೊರಬಂದಿತು. ನಂತರದಲ್ಲಿ ಇದು ಎರಡನೇ ಕೃತಿ. ಕಾವ್ಯವು ಮಾರುಕಟ್ಟೆಯಲ್ಲಿ ಓಡುವುದಿಲ್ಲವೆಂದು ವ್ಯಾವಹಾರಿಕ ಪ್ರಪಂಚ ಎಷ್ಟೇ ಹೇಳಿಕೊಂಡರೂ ಆಪಾಟಿ ಗದ್ಯ ಬರೆದು ಗುಡ್ಡೆ ಹಾಕಿರುವ ನನಗೆ ಮತ್ತೆ ಇಂದೂ ಉಸಿರು ಪೂಸಿರುವುದು ಕಾವ್ಯವೇ!

ನಲುಮೆಯ ಬಂಧಗಳನ್ನು ಇನ್ನಷ್ಟು ಗಟ್ಟಿಯಾಗಿಸಿ ಬದುಕನ್ನು ಮತ್ತಷ್ಟು ಸಹ್ಯವಾಗಿಸುವಲ್ಲಿ ಕಾವ್ಯವು ಯಾವಾಗಲೂ ಅಪ್ರತಿಮ ಸ್ನೇಹಿತ. ಹೆಚ್ಚು ಬರೆದು ನಿಮ್ಮ ಓದಿಗೆ ಅಡ್ಡಗಾಲು ಹಾಕಲಾರೆ. ಓದಿ, ಒಪ್ಪಿಸಿಕೊಳ್ಳಿ. ಈ ಕವಿತೆಗಳೆಂಬ ಹೃದಯ ಮಿಡಿತಗಳು ಚದುರಿ ನಿಮ್ಮ ಕೈಗಳಲಿ ಚಿಗುರಿ ಮತ್ತೆಲ್ಲೆಲ್ಲೋ ಇನ್ನಷ್ಟು

ಒಲವು ಪಸರಿಸಲು, ಮಮತೆ ಹಾಗೂ ಜೀವನ ಪ್ರೀತಿಗಳನ್ನು ಜೀವಂತವಿಡಲು ಸಾಧ್ಯವಾದರೆ ಅವನು ನನ್ನಲ್ಲಿ ಮತ್ತೆ ಸಾಕಾರವಾಗಿ ಉಸಿರಾಡಿದಷ್ಟೇ ಸಂತೋಷ, ಸಂಭ್ರಮ. ಬದುಕಿದಷ್ಟೂ ಕಾಲ ನನ್ನೊಳಗೆ ಆತ್ಮಶಕ್ತಿಯನ್ನೇ ತುಂಬಿ ಇಂದು ಬದುಕೆಂಬ ಯುದ್ಧಕ್ಕೆ ಸಜ್ಜಾಗಿಸಿ ನನ್ನಿಂದ ಮರೆಯಾಗಿ ಹೋದ ಅವನ ಮುದ್ದು ಪ್ರೀತಿಗೆ ನನ್ನ ಆತ್ಮ ಹಾಗೂ ಈ ಕೃತಿ ಎರಡೂ ಅರ್ಪಣೆ.

ಇದ್ದಕ್ಕಿದ್ದಂತೆ ಶೂನ್ಯದಿಂದೆದ್ದ ಪೈರಿನಂತೆ ಬೂದಿಯ ನಡುವೆ ಕೂತವಳಿಗೆ ಪ್ರೀತಿಯ ಆಹ್ವಾನ ಕೊಟ್ಟು ಉಡುಗೊರೆ ಕೊಟ್ಟಂತೆ 'ಈ ಹೊತ್ತಿಗೆ' ತನ್ನ ಮೊದಲ ಕಾವ್ಯ ಪ್ರಶಸ್ತಿಯನ್ನು ನನ್ನ ಮುಡಿಗಿರಿಸಿದೆ. ಮಹಿಳೆಯೊಬ್ಬರಿಗೆ ಇದು ದಕ್ಕಿದ್ದು ಮತ್ತೂ ಸಂತಸ ತಂದಿದೆಯೆಂದು ಹೇಳಿ ನನ್ನ ಅಭಿಮಾನವನ್ನು ದುಪ್ಪಟ್ಟಾಗಿಸಿದೆ. 'ಈ ಹೊತ್ತಿಗೆ' ಬಳಗಕ್ಕೆ ನಾನು ಋಣಿ.

ಕನ್ನಡದ ಕಾವ್ಯಲೋಕದ ಮೇರು ಪರ್ವತ ಎಚ್ ಎಸ್ ಶಿವಪ್ರಕಾಶ್‌ರವರು ಕೊನೆಯ ಸುತ್ತಿನ ತೀರ್ಪುಗಾರರಾಗಿ ಕೇವಲ ಕಾವ್ಯವನ್ನಲ್ಲ, ನನ್ನ ಬದುಕನ್ನು ಗೆಲ್ಲಿಸಿದ್ದಾರೆ. ಮತ್ತು ನನ್ನ ಪದಗಳಿಗೆ ಕಾವ್ಯಗಂಧೀ ಸೊಗವಿದೆಯೆಂದು ಹೇಳಿ ನಾನು ಕಣ್ಮುಚ್ಚಿ ಚೆಲ್ಲಿದ್ದು ಕೇವಲ ಬಣ್ಣಗಳಲ್ಲ, ಅಲ್ಲಿ ಮೂಡಿದ್ದು ಚಿತ್ರಗಳು ಎಂಬ ಭರವಸೆ ಬರುವಂತೆ ಮಾಡಿದ್ದಾರೆ. ಅವರ ಕಾವ್ಯಪ್ರೀತಿಯೇ ಇಂದು ನನ್ನನ್ನೂ, ನನ್ನ ಕಾವ್ಯಗಳನ್ನೂ, ತನ್ಮೂಲಕ ಬದುಕಿನೆಡೆಗಿನ ತುಂಟ ಕಿರುಗಣ್ಣ ನೋಟವನ್ನೂ ಗೆಲ್ಲಿಸಿದೆ. ಅವರಿಗೆ ನನ್ನ ಪ್ರೀತಿಪೂರ್ವಕ ನಮನಗಳು. ಹಾಗೇ ಕೊನೆಯ ಸುತ್ತಿನವರೆಗೆ ನನ್ನ ಕವಿತೆಗಳನ್ನು ಮಾನ್ಯ ಮಾಡಿದ ಮೊದಲ ಸುತ್ತಿನ ನನ್ನ ನೆಚ್ಚಿನ ಎಲ್ಲ ತೀರ್ಪುಗಾರರಿಗೂ ಹೃನ್ಮನದ ಧನ್ಯವಾದಗಳು.

ಎಂತಹುದೇ ಸಂದಿಗ್ಧದಲ್ಲೂ ಅಮ್ಮನಂತೆ ಸ್ಪಂದಿಸುವ ಹಾಗೂ ಈ ಕೃತಿಗೆ ಪ್ರೀತಿಯ ನೇವರಿಕೆಯಂತಹ ಮುನ್ನುಡಿ ಕಟ್ಟಿಕೊಟ್ಟಿರುವ ಕನ್ನಡ ಮಹಿಳಾ ಕಾವ್ಯಲೋಕದ ದೈತ್ಯ ಪ್ರತಿಭೆ ಪ್ರತಿಭಾ ನಂದಕುಮಾರ್ ಎಂದೆಂದಿಗೂ ನನ್ನ ನೆಚ್ಚಿನ ಕವಯಿತ್ರಿ. ಕೇವಲ ಧನ್ಯವಾದಗಳು ನಿಮ್ಮ ಪ್ರೀತಿಯ ಎತ್ತರಕ್ಕೆ ಗುತ್ತವಾಗಿಬಿಡಬಹುದು. ಈ ಪ್ರೀತಿ ಹೀಗೇ ಪೊರೆಯಲಿ. ಅಷ್ಟೇ ಮಮತೆಯಿಂದ ಕವಿತೆಗಳ ನೆತ್ತಿ ನೇವರಿಸಿ ಪ್ರೀತಿ ತೋರಿದ ಅಮ್ಮ ಎಂ ಆರ್ ಕಮಲರವರಿಗೂ ಋಣಿ. ಅವರ ಬಿಡುವಿರದ ದಿನಮಾನಗಳಲ್ಲಿ ಕುಳಿತು ನನ್ನ ಕವನಗಳನ್ನು ಓದಿ ಅಭಿಪ್ರಾಯ ತಿಳಿಸಿದ ಅವರ ವ್ಯವಧಾನ ನಿಜಕ್ಕೂ ದೊಡ್ಡದು! 'ಹೊನ್ನಾವರಿಕೆ' ನಳನಳಿಸಿ.

ಇನ್ನು ನನ್ನ ಕೂಸನ್ನು ಅವರ ಮಡಿಲಿಗೆ ಹಾಕಿಕೊಂಡು 'ಇನ್ನು ನಾವಿದ್ದೇವೆ, ಚಿಂತೆ ಬಿಡು' ಎಂದು ಮತ್ತೆ ನಾನು ಕಾವ್ಯದ ಬಗಲಿಗೆ ಹಾಯಾಗಿ ಜೋತು ಬೀಳುವಂತೆ ಮಾಡಿದ 'ಬಹುರೂಪಿ'ಯ ಜಿ ಎನ್ ಮೋಹನ್‌ರವರು ಈ ಹೊತ್ತಿನ ಆತ್ಮಬಂಧು. ಅವರಿಗೆ ಅನಂತ ಧನ್ಯವಾದಗಳು.

ನನ್ನ ಬೈದಾದರೂ ತಿದ್ದಿ ಮನುಷ್ಯಳಾಗಿಸಬೇಕೆಂದು ಸದಾ ಹಾತೊರೆಯುವ, ನಾನು ಹೆತ್ತ ನನ್ನ ಪುಟ್ಟ ತಾಯಿ ರಕ್ಷಾ ಪ್ರದೀಪ್ ನನ್ನ ಕವಿತೆಗಳ ಮೊದಲೋದುಗಳು ಹಾಗೂ ಭಾಷಾಂತರಕಾರಳು, ಟೈಪಿಸ್ಟ್ ಕಂ ಪ್ರೂಫ್ ರೀಡರ್ ಕೂಡಾ. ತನ್ನ ಮುದ್ದುಮುದ್ದಾದ ಚೇಷ್ಟೆಗಳಿಂದ ಹೆಜ್ಜೆಹೆಜ್ಜೆಗೂ ಅಪ್ಪನನ್ನೇ ಹೋಲುವ ಪುಟ್ಟ'ಲಾಯ್ರಿ' ರಕ್ಷಾ ನನ್ನ ಕನಸ ದೀವಿಗೆ.

ಈ ಕೃತಿ ಹೊರಬರಲು ಮುಖ್ಯ ಕಾರಣರಾದವರು ಇತ್ತೀಚೆಗೆ 'ಮಕ್ಕಳಿಗಾಗಿ ಮಹಾತ್ಮ' ಹೊರತಂದಿರುವ ನನ್ನ ಆತ್ಮೀಯರಾದ ಉದಯ ಗಾಂವಕಾರ ಅವರು. ಅವರಿಗೆ ನಾನು ತುಂಬಾ ಆಭಾರಿಯಾಗಿದ್ದೇನೆ. ಸ್ನೇಹಿತ ಮಧುಸೂದನ ವೈ ಎನ್ ಹಾಗೂ ಪುಟ್ಟ ಹುಡುಗ ರಂಜಿತ್ ಕವಲಪಾರರಿಗೆ ಈ ಸಂಕಲನದ ಪ್ರಕಟಣೆಯ ಹಾದಿಯಲ್ಲಿ ವಿಶೇಷ ಸ್ಥಾನವಿದೆ. ಇಬ್ಬರಿಗೂ ಪ್ರೀತಿಯ ಧನ್ಯವಾದಗಳು.

ಇನ್ನು ಈ ದುರಿತ ಕಾಲದಲ್ಲಿ ನನ್ನ ಕಾಪಾಡಿದ ಅಮ್ಮನಂಥ ಅಪ್ಪ, ನನ್ನ ಗೆಲುವನ್ನು ಸಂಭ್ರಮಿಸುವ ನನ್ನ ಕರುಳ ಬಳಗ, ಸ್ನೇಹಿತರು ಹಾಗೂ ಬದುಕಲು ಕಲಿಸಿದ ಹಿತಶತ್ರುಗಳಿಗೂ ಈ ಉಸಿರು ಋಣಿ.

– ಮಧುರಾಣಿ ಎಚ್ ಎಸ್

سیاہ چشمہ

خامسنگ سری ناک (تھائی لینڈ)

ترجمہ: مستنصر حسین تارڑ

خامسنگ سری ناک (Khamsing Srinawk) ۲۵ دسمبر ۱۹۳۰ء تھائی لینڈ کے ضلع 'بوا یائی' میں پیدا ہوئے۔ خامسنگ بچپن سے ہی صاحب مطالعہ رہے ہیں۔ بطور صحافی وہ ایک پولیٹیکل رپورٹر اور فیچر رائٹر رہے ہیں۔ انھوں نے بطور صحافی بہت سے نشیب و فراز دیکھے، حتیٰ کہ ریاستی جبر کے خلاف آواز اٹھانے کے عوض میں اپنے ساتھیوں کے ساتھ جنگلوں میں روپوش بھی ہونا پڑا۔ ان کی تصنیفات کو ضبط کر لیا گیا۔ ۱۹۷۷ء میں وہ اپنے خاندان کے ساتھ وہ سوئیڈن جلاوطن ہو گئے۔ سوئیڈن میں انھیں لکھنے کے لیے ایک آزاد فضا میسر ہوئی، ان کا مغربی لکھنے والوں سے رابطہ ہوا اور مغرب نے انھیں جانا۔ کچھ نقادوں کا کہنا ہے کہ خامسنگ سری ناک تھائی مصنفین میں سب سے بہتر مصنف ہیں۔

وہ ایک عام ملاقاتی کی نسبت زیادہ آشنا تھا، اگرچہ اس کے بارے میں صرف جانا گیا تھا، اسے دیکھا نہیں گیا تھا۔ وہ اکثر اپنی غیر مرئی ٹانگوں سے ماں کے دل میں اترتا اور پھر اسے چھوڑ جاتا، ہمیشہ کی طرح بے چہرہ۔ وہ آتا رہا اور جاتا رہا لیکن وہ نہ جان سکی کہ یہ کیسے ہوتا ہے۔ کبھی وہ نصف شب کے قریب آجاتا اور کبھی صبح سویرے آدھمکتا اور شام تک ٹھہرا رہتا۔ یہ دھان کے کھیتوں میں بھی اس کے پیچھے جاتا اور جب وہ آگ کے لیے پتے اور لکڑیاں جمع کرتی تو وہ اس کے ساتھ رہتا۔ وہ ہر ایک سے نہیں ملتا تھا، صرف انھی لوگوں سے ملتا تھا جنھیں وہ اچھی طرح جانتا تھا، مثلاً اس سے اور باپ سے بھی۔

چند روز بیشتر جب وہ مندر کے جشن کی تیاری میں مصروف تھی، وہ غائب ہو گیا اور اسے یاد نہیں آرہا تھا

کہ وہ کب واپس آیا، یا یہ کہ وہ کہاں سے آتا ہے۔ وہ اپنے سب سے چھوٹے بیٹے بون پنگ کے لیے ایک نیا سا رونگ سی رہی تھی، جب جنگل میں سے ایک سنکھ کی آواز گونجتی ہوئی آئی۔ اس نے اپنا کام چھوڑ دیا اور کھیتوں کے اوپر دیکھا، جہاں دوپہر کے نیلے آسمان کی نرم دھوپ کو پریشان کرنے کے لیے نہ ہوا تھی نہ بادل۔

دھیمی لیکن اداس گونج سارے منظر پر چھائی ہوئی تھی۔ اس نے آنکھیں پلٹا کر اپنے آس پاس کے خالی پن کو دیکھا۔ بون پنگ کا کمبل برآمدے میں بچھی دری پر ڈھیر کی صورت میں پڑا تھا، جس پر وہ سویا کرتا تھا۔ اس سے پرے اس کے اور اس کے خاوند کے کمرے کے ساتھ بانس کی ایک دیوار تھی اور اس کے ساتھ پکا کمرہ تھا، جس کی لکڑی کے تختوں کی دیواریں تھیں۔ کمرے کا دروازہ بند تھا اور وہ خالی تھا۔ وہ دیر تک اسے گھورتی رہی اور شاید تبھی وہ کرب اس کی جی میں گڑ گیا۔ اگر آس پاس کوئی بھی سانس لینے والی شے ہوتی تو وہ اکلاپے کو دور کرنے میں مددگار ثابت ہوتی۔ چھت کے شہتیر کے ساتھ چمٹی ایک چھپکلی اس کے سر کے قریب سے گزرتی کوئی بھڑ، کوئی بھی چیز، لیکن وہاں کچھ بھی نہ تھا۔ گھر کے سامنے والے درخت کے ساتھ جو پیلی چڑیا چمٹی رہتی تھی، وہ بھی جا چکی تھی۔ اس کی غیر موجودگی نے اسے ایک اور پرندے کی یاد دلائی جسے وہ بھول چکی تھی اور جس کا پنجرہ چھجے کے ساتھ لٹک رہا تھا۔ اسے دیکھ کر اس نے کچھ سکون محسوس کیا اور جوں ہی وہ قریب آئی، پرندے نے اپنے پروں کو پھڑپھڑایا اور گردن لمبی کر کے کوکنے لگا۔ اپنی آنکھوں میں تیرتے آنسوؤں سے بے خبر اس نے گہرے سائے میں آئے ہوئے بند دروازے کی طرف دیکھا۔ وہاں اس کا باپ اکثر بے حس وحرکت کھڑا رہتا اور اتنی دیر تک کھڑا رہتا کہ وہ اس کے بارے میں فکر مند ہو جاتی کہ اسے ہوا کیا ہے۔ لیکن آج سے پیشتر اسے کبھی پتہ نہیں چلا تھا کہ ایسا کیوں ہوتا تھا۔

اس حقیقت پر مشکل سے یقین آتا تھا کہ آج کے دن اس جشن کو گزرے تین برس ہو چکے تھے۔ شاید آج کے دن تو نہیں؛ دراصل اس موسم سے کئی ماہ پیشتر، کاشت کے بعد، ایک چمکتی دوپہر میں یہ سب کچھ شروع ہوا۔ وہ اور اس کا خاوند جلد لوٹ آئے اور انھوں نے اپنے گھر کے سامنے آم کے درخت کے نیچے ایک کار کھڑی دیکھی۔ وہی کار جس نے متعدد بار ماں کو دھول کے ایک بادل میں لپیٹ دیا تھا۔ اس سے اڑتی ہوئی گرد میں وہ اسے صاف تو نظر نہیں آتی تھی لیکن وہی تھی۔ یہ ڈونگ کیم کے دیہاتیوں کے لیے ایک نئی چیز تھی اور ماں افواہوں کے ذریعے سے جانتی تھی کہ یہ انجینئر کی کار ہے۔ اسے پتہ نہیں تھا کہ وہ لوگ کب آئے تھے لیکن انھیں اپنی بیٹی کے ساتھ باتیں کرتے دیکھ کر اسے اندازہ ہو گیا کہ انھیں آئے ہوئے زیادہ دیر نہیں ہوئی۔ باپ سیدھا گھر میں چلا گیا تھا جب کہ ماں آموں کو سنبھال رہی تھی اور اس کے ساتھ اپنی بیٹی پر نظر رکھ رہی تھی جو کرگھے پر بیٹھی کپڑے بُن رہی تھی۔ وہ دو شخص، جو لمبی آستینوں والی نیلی قمیصیں اور ٹوپیاں پہنے ہوئے تھے، اس کے پاس کھڑے تھے اور سازشی انداز میں مسکرائے جا رہے تھے چونکہ وہ دونوں سیاہ چشمے لگائے ہوئے تھے، اس لیے ماں یہ نہ جان سکی کہ ان کی عمریں کیا ہیں۔

''تم تو پیدائشی حسینہ ہو، کام خام۔'' کرگھے کے اوپر جھکے ہوئے شخص نے کہا۔

''واقعی ایک حسن پری۔'' پہلے کے دوست نے ہاں میں ہاں ملائی۔

ماں یہ فیصلہ نہیں کر پا رہی تھی کہ وہاں رکے رہنا مناسب ہے یا گھر کے اندر چلا جانا۔ کام خام، جس کی بولی میں 'حسن' کے لفظ کا مطلب دن کا ایک خاص وقت تھا، کہنے لگی: ''نہیں نہیں میں تو دوپہر کو پیدا ہوئی تھی۔''

''یوں ہی سہی، پھر تم حسن پری پیدا ہوئی تھی۔''

''نہیں تم نہیں سمجھے۔'' اس نے ارغوانی دھاگے کی چرخی کپڑے پر رکھی، اپنے بال ماتھے سے ہٹائے اور سیاہ چشموں کی طرف دیکھا، ''تم میری بات کیوں نہیں سنتے؟ میں تمھیں بتا رہی ہوں کہ میں دوپہر کے وقت پیدا ہوئی تھی۔''

نوجوانوں کی آنکھوں نے مسکراہٹوں کا تبادلہ کیا اور لڑکی بولے چلی گئی، ''میری ماں نے مجھے بتایا تھا کہ میں جب اس کے پیٹ میں تھی تو دھان کاشت کرتے ہوئے کھیتوں میں اسے درد زیادہ شروع ہو گیا تھا اور میرا باپ اسے واپس گھر لے آیا تھا اور میں دوپہر کے وقت پیدا ہوئی تھی۔ کیوں ماں، میں ٹھیک کہہ رہی ہوں نہ؟''

عورت اپنی ہی بیٹی کی طرف سے ایک گواہ کی حیثیت سے طلب لیے جانے پر گڑبڑا گئی۔ ''ہاں بالکل درست۔'' ماں کی آواز اونچی نیچی ہو رہی تھی، ''کام خام دوپہر کے وقت پیدا ہوئی تھی، اب سے کچھ دیر بعد۔''

وہ گفتگو کے دوران درختوں کی چوٹیوں کو چھوتے ہوئے سورج کی بلندی کا اندازہ لگاتی رہی لیکن اس سے پیشتر کہ وہ گفتگو جاری رکھتی، باپ نے مکان کے اوپر سے مداخلت کی: ''احمق، تم دونوں ماں بیٹی احمق ہو۔ یہ دونوں نوجوان تو تھائی زبان میں صرف یہ کہہ رہے تھے کہ یہ خوبصورت ہے۔''

باپ کی آواز کا لہجہ خوشگوار نہیں تھا اور اس نے بات بھی مختصر کی۔ رات کھانے پر ماں نے دیکھا کہ باپ اپنی بیٹی کی طرف ایسے دیکھ رہا ہے جیسے اسے کچھ بتانا چاہتا ہو لیکن وہ کچھ نہ کہہ سکا۔ اس رات چاند نہیں نکلا تھا۔ باپ برآمدے کے آخر میں اکیلا بیٹھا رہا۔ وہ آدھی رات کے بعد ہی سونے کے لیے اندر گیا تھا، اس کمرے میں جس کی دیواریں باقاعدہ لکڑی کے تختوں کی تھیں۔ ماں نے رات کے اسی حصے میں کام خام کی بے چین کروٹوں کی کسمساہٹ سنی۔ گاؤں والوں کی طرح ماں بھی بہت اچھی طرح جانتی تھی کہ اگر باپ اپنی بیٹی کے ساتھ بہت لگاؤ رکھتا ہے تو یہ صرف اس لیے نہیں کہ وہ اکلوتی اولاد ہے بلکہ اس کی کچھ اور وجوہات بھی تھیں۔ ڈونگ کام گاؤں میں آنے سے پہلے اس کے خاوند نے ایک جگہ سے دوسری جگہ اتنی بار ہجرت کی تھی کہ اسے اس کی عادت ہو گئی تھی۔ لیکن جب وہ ڈونگ کام پہنچے تو اس نے اعلان کر دیا کہ وہ اب کہیں نہیں جائیں گے اور دھان کے کھیت کی صفائی کرنے چلا گیا تھا۔ جب اگلے برس کام کام پیدا ہوئی تو وہ بہت خوش ہوا اور اس نے اس کا نام خود رکھا اور یہ پہلی مرتبہ ہوا تھا، کیوں کہ اس نے پہلے کبھی اپنے بچوں کے نام خود نہیں رکھے تھے۔ اور جب بچی کمزور رہ گئی تو اس نے اپنے آپ کو قصوروار ٹھہرایا کہ اس نے اپنی بیوی کو سخت کام پر لگائے رکھا۔ اسے کام خام سے اتنا لگاؤ تھا کہ وہ ہر قیمت پر اسے مشقت آمیز کام سے بچانا چاہتا تھا اور اس وجہ سے اس کے ہمسائے اور گاؤں کے لونڈے اس کا مذاق اڑایا کرتے تھے۔ ان کا مکان دھان کے کھیتوں کے کنارے الگ تھلگ واقع تھا، اس لیے وہ خاص طور پر

اس کے گرد باڑ لگاتا تھا۔ ایک روز چند مقامی لڑکے جو اسے تنگ کرنے میں بہت لطف لیتے تھے، باڑ کے باہر کھڑے ہو کر کہنے لگے، ''باڑ کانٹوں سے بنائی جاتی ہے، نرم بانس سے نہیں جو تم نے لگائے ہیں۔'' اگرچہ وہ کسی کے مشورے پر عمل کرنے والا شخص نہیں تھا لیکن اگلے ہی روز وہ جنگل میں گئی اور باڑ کو مضبوط کرنے کے لیے نوک دار بانس کھود لایا۔ جو سڑک بنائی جا رہی تھی، اس نے وور دراز کے دیہاتوں ہی کو نہیں بلکہ ان کے گاؤں کے ہر گھر کو بھی ایک دوسرے سے ملا دیا تھا۔ اس سے لڑکوں کو اسے چھیڑنے کا ایک اور بہانہ ہاتھ آ گیا۔ ''کانٹے بیلوں اور لڑکوں سے تو بچا سکتے ہیں لیکن کاروں کا کیا ہوگا۔''

باپ کی پریشانی تب شروع ہوئی، جب بارش کے بادلوں سے آسمان خالی ہو گیا۔

ڈونگ کام ایک دور افتادہ گاؤں نہ رہا۔ گاؤں والے نئی سڑک کی تعمیر سے بے حد خوش تھے۔ وہ اب کافی کی دکان کے چھجے تلے جمع ہوتے اور اب وہ پہلے سے زیادہ باہر جانے لگے تھے۔ نوجوان نسل، لڑکے اور لڑکیاں تعمیراتی سامان سے لدے ٹرکوں پر بیٹھ کر ضلعی قصبے تک چلے جاتے اور جب وہ واپس آتے تو انھوں نے شوخ و شنگ رنگوں کے کپڑے پہنے ہوئے تھے۔ باپ پہلے سے زیادہ مندر جانے اور بہت لیے دیے رہنے لگا تھا۔

''اگر ممکن ہوتا تو میں اسے ملتوی کر دیتا۔'' وہ اس میلے کے بارے میں بات کر رہا تھا جو ہر برس کے چوتھے مہینے میں منایا جاتا تھا۔ ''اگر کسی کو بھی کوئی دلچسپی نہیں تو مجھے کیا پڑی ہے۔''

لیکن اس کا اندازہ غلط تھا۔ بہت جلد لوگوں کو نئی چیزوں کی عادت ہو گئی۔ وہ اجنبیوں اور سڑک پر ٹریفک کے عادی ہو گئے اور انھوں نے پھر جشن کو اپنی گفتگو کا موضوع بنایا۔ اگرچہ وہ پہلی والی بات اب نہ تھی۔ اس مرتبہ اس کا آغاز سرخ اور سبز رنگ کے کارڈوں سے ہوا جو قصبے سے چھپوائے گئے تھے اور یہ کارڈ تمام خاندانوں کو، یہاں تک کہ گاؤں سے باہر رہنے والے لوگوں کو بھی بھجوائے گئے تھے۔ جشن کی رات جو مندر اس سے پیشتر مشعلوں اور اگر کی روشنی سے گلابی اور گرم ہوا کرتا تھا، اسے اب ایک جنریٹر سے پیدا ہونے والی بجلی کی چندھیانے والی روشنی سے جگمگایا گیا تھا اور اس میں لوگ اور موسیقی بھری ہوئی تھی۔ چبوترہ، جو اس سے پیشتر کیلے کے تازہ پتوں، کماد اور جنگلی پھولوں سے سجا ہوا اور تازہ تازہ لگا کرتا تھا، اب اس پر کئی رنگوں والا بھڑکیلا سیلوفین مڑھا گیا تھا۔ مندر کے احاطے میں کاروں، ٹرکوں اور بسوں کی بھرمار تھی۔ پروہت کا وعظ لاؤڈ سپیکروں کے ذریعے اتنا بلند تھا کہ آس پاس کے کئی دیہات میں سنا جا سکتا تھا۔

ماں کا بھٹکتا ہوا دماغ ایک لمحے کے لیے پھر سینے پرونے کی طرف منتقل ہوا لیکن فوراً ہی پرندے کے پنجرے کی طرف چلا گیا۔

اس کی آنکھیں چمکدار سرخ اور چھوٹی تھیں۔ جب بھی ماں حرکت کرتی، وہ اپنا سر ہلاتا اور کوکتا۔ بڑے سنکھ کی آواز پھر گونجی۔ اگرچہ اب بھی اس کی آواز پہلے کی طرح نرم تھی، لیکن اکلاپا کا تاثر زائل ہو چکا تھا۔ اس نے پنجرے کے پار دھان کے کھیت کو دیکھا جہاں کچھ لوگ درختوں سے نکل کر پرے جا رہے تھے۔ سنکھ کی آواز کے بار بار آنے لگی اور اس کے ساتھ وقفے وقفے سے ہجوم کے نعرے سنائی دینے لگتے۔ جوں ہی وہ قریب آئے، اس

نے آگے آگے آنے والی پالکی کو دیکھا جس میں بوڑھا پروہت بڑی سنجیدگی سے براجمان تھا۔ وہ ایسے شخص بھی تھے جو مسخرے پن سے لوگوں کو ہنسا رہے تھے، ان کے لبادے سبز اور ارغوانی تھے اور وہ دساندرا کے بچوں کی اداکاری کر رہے تھے جو بعد میں بدھ ہوئے۔ ان کے پیچھے پیچھے گاؤں والے پھول اور جنگلی درختوں کی ٹہنیاں لیے چلے آ رہے تھے۔ اس کا خاوند سب سے پیچھے سنکھ اٹھائے ہوئے آ رہا تھا۔ وہ انھیں تک دیکھتی رہی جب تک کہ گاؤں کے موڑ پر نظروں سے اوجھل نہ ہو گئے۔ تھوڑی دیر بعد مندر کے ڈھول کی گہری آواز آئی جو دنیا کو بتا رہی تھی کہ مہاتما بدھ پچھلے جنم سے لوٹ آئے ہیں۔ اس کے بعد منبر کو پھلوں اور پتوں سے سجایا جاتا ہے۔

ماں کو اب یاد نہیں تھا کہ چھوٹا پرندہ کب ان کی چھت پر اُترا تھا۔ اس لیے اندازہ لگایا کہ شاید تب کی بات ہے، جب وہ اتنی پریشان تھی کہ اسے یہ پتہ نہیں چلتا تھا کہ چاند گھٹ رہا ہے یا بڑھ رہا ہے اور اس کا خاوند ان دنوں چپ رہتا تھا۔ جب اس کے دکھ میں کچھ کمی ہوئی تو اس نے دیکھا کہ وہ پرندے کے پنجرے کے ساتھ کھیلتا رہتا ہے لیکن اس نے کبھی اس سے دریافت نہ کیا کہ وہ ایسا کیوں کرتا ہے۔ دراصل وہ پہلا دن تھا جب اس نے پرندے کو غور سے دیکھا تھا۔ ایک پیاری شے جو لگتا تھا ٹیلکم پاؤڈر سے بنی ہوئی ہے۔ وہ اس چھوٹے سے پرندے سے بے پناہ پیار کرنے لگی اور اب وہ اپنے خاوند کو بھی سمجھنے لگی تھی۔ اس کی ظاہری لاپروائی کی وجہ بیٹی کی گمشدگی تھی۔ یہی اس کی بیماری کی وجہ تھی۔ اس کا دل دکھ کے بوجھ تلے ڈوبنے لگا۔

تین برس پیشتر کے اس جشن کے بعد اسے یقین تھا کہ اس کا خاوند دوبارہ مندر نہیں جائے گا اور نہ ہی وہ دوبارہ ایسا شاندار جلوس دیکھے گی جو ابھی گزرا تھا۔ کھیت ابھی تک اجلے تھے۔ ہوا میں خنکی تھی اور وہ جانتی تھی کہ دکھ، وقت کے ساتھ، اگر زندگی ہو تو کم ہو جاتا ہے۔ باپ سورج ڈوبنے سے پیشتر گھر آ گیا۔ اگرچہ وہ تھکا ہوا تھا لیکن تقریب کے بعد اس کا چہرہ طمانیت سے بھرپور تھا۔ اس کے ہاتھ میں زعفران کی ایک چھوٹی سی ڈبیہ تھی۔ اس نے اپنی بیوی کو پنجرے کے قریب دیکھا تو تھوڑا سا ہچکچایا۔

''یہ کتنی چھوٹی سی پالتو چیز ہے۔'' اس نے اس طرح کہا جیسے اس کے پاس اس سے بہتر کہنے کو اور کچھ نہ تھا۔

''ہاں یہ ہے۔''

''اسے اتنے عرصے تک پنجرے میں بند رکھنے کا ارادہ تو نہیں تھا۔ تمھیں پتہ ہے میں چاہتا تھا کہ اس کے پر اُڑان کے قابل ہو جائیں تو میں اسے آزاد کر دوں۔ تین سال بیت گئے ہیں۔ میں نے خاصی اذیت دی ہے، کتنی شرم کی بات ہے۔''

''ہاں۔'' میں نے صرف یہی کہا۔

اگلی صبح پرندے پر زعفرانی پانی ڈالنے کے بعد، کہ یہ خوش قسمتی کے لیے تھا، وہ اسے مندر لے گیا۔ وہ بڑے سکون کے ساتھ وعظ سنتا رہا۔ جب ابواب کے خاتمے کا سنکھ بجا تو دوپہر ہو چکی تھی۔ وہ تین بار پروہت کی طرف جھکا اور پھر رینگتا ہوا منبر کے پاس چلا گیا جہاں پنجرہ پڑا تھا۔ جب پرندے نے اسے دیکھا تو نرمی سے

کو کُنے لگا۔

وہ خوشی سے مسکرادیا۔اس کا ہمسایہ چونچ کٹکٹانے لگا۔

اس نے اپنی بیوی کی طرف دیکھا؛''پرندے کوآزاد کرنے میں میرے ساتھ شامل ہو جاؤ۔''

''تو کرو آزاد۔''

''یہ میرا گناہ ہے کہ میں نے اسے اتنا عرصہ پنجرے میں بند رکھا۔''

باپ نے پنجرے کو مندر سے اٹھایا اور بو کے مقدس درخت کے نیچے سے گزرتے ہوئے کھیت کو پار کر کے اسے باڑ کے ساتھ زمین پر رکھ دیا۔ چند بچے اس کے پیچھے پیچھے یہ دیکھنے چلے آئے کہ وہ کیا کرتا ہے۔''خدا کرے کہ اب ہماری مشکلات کا خاتمہ ہو جائے۔'' وہ بڑبڑایا۔اس نے اپنا ہاتھ پنجرے کے دروازے کی جانب بڑھایا،''جنگل میں جاؤ۔ اپنی مادہ کی مدد کرو کہ تمھارے انڈے سینکے، اپنے بچوں کو گھاس کے بیج کھلاؤ۔۔۔جاؤ۔۔۔چلے جاؤ۔۔۔جہاں تک جا سکتے ہو۔''اس نے پنجرے کو آرام سے تھپتھپایا لیکن پرندے نے اس ڈنڈے کو پکڑے رکھا جس پر وہ بیٹھا تھا۔ پھر ایک ہی لمحے میں چھوٹا سا گلابی رنگ کا پرندہ اُچک کر پنجرے سے باہر آ گیا۔دھوپ میں اس کی باریک ٹانگیں سرخ ہو رہی تھیں۔سارے بچے دیکھنے کے لیے قریب آ گئے۔ اس نے اپنے پروں کو پھڑپھڑایا لیکن چند گز کے بعد وہ زمین پر گر گیا۔ بچے تالیاں بجاتے ہوئے اس کا پیچھا کرنے لگے۔وہ دوبارہ اُڑا اور تقریباً بیس گز تک اڑتا چلا گیا۔تیسری کوشش پر وہ بانس کی ایک ٹہنی تک پہنچ گیا اور وہاں بیٹھ کر اپنے پروں کو چونچ کے برابر کرنے لگا۔وہ مندر میں ہی ٹھہرا رہا تا کہ وہ دوپہر کے بعد منبر اور دوسری چیزوں کو سنبھالنے میں مدد دے سکے۔اس نے سوچا، اگر اس کی خوشی کا وزن پتھر کے باریک ٹکڑوں کے برابر ہوتا تو بھی اس روز اس میں اسے گھر تک اٹھا لے جانے کی طاقت نہیں تھی۔اسے یوں محسوس ہوا جیسے وہ ہوا میں تیر رہا ہے۔اوپر صاف آسمان تھا اور آس پاس کی زمین خوبصورت تھی۔

بھینسوں کی دیکھ بھال کرنے والے بچے خوشی سے کھیل رہے تھے۔اسے گھر پہنچ جانے کا پتہ بھی نہ چلا۔اس سے پیشتر کہ وہ سیڑھیاں چڑھتا، اسے بون پنگ کی پکار سنائی دی اور وہ جکڑ کر رہ گیا۔

''پاپا، آج تو قسمت نے میرا بہت ساتھ دیا۔''اس نے اپنا انعام بڑے فخر سے باپ کی آنکھوں کے سامنے کیا۔''یہ موٹا اور بیوقوف تھا۔میں نے اسے ایک چھڑی سے مار گرایا۔''

لڑکے نے اپنا شکار باپ کے ہاتھ پر رکھ دیا اور باڑ کی طرف منہ کر کے کہنے لگا،''باجی۔۔۔باجی۔۔۔کام۔۔۔کام۔''

باپ بے سدھ سا اپنی بیٹی کو دیکھنے لگا جو غیر یقینی انداز میں راستے پر چلتی آ رہی تھی۔ماں اوپر سے نیچے آئی اور رونے لگی۔وہ پتھرائی ہوئی آنکھوں سے اپنے ہاتھ پر رکھے چھوٹے سے پرندے کو دیکھنے لگا جس کے پروں تلے ابھی بھی زعفران لگا ہوا تھا۔